W0469575

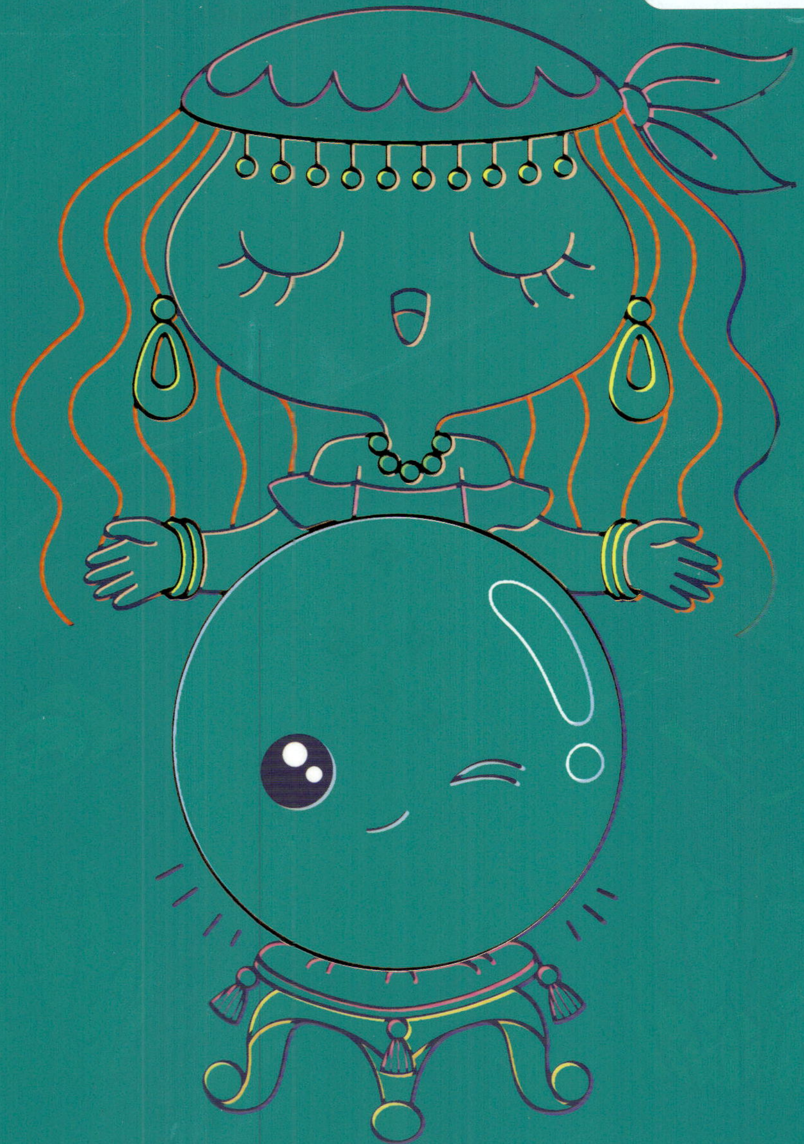

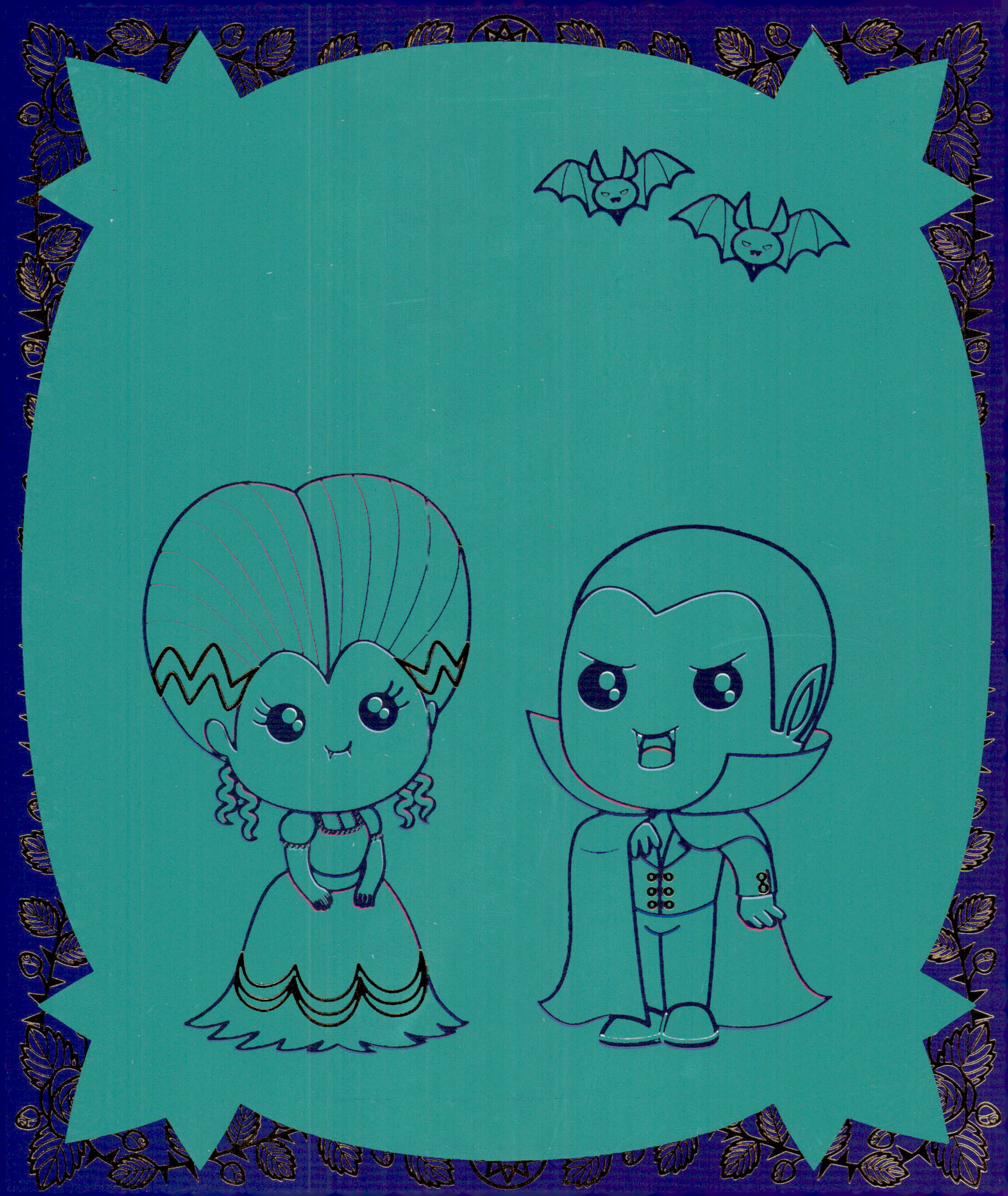

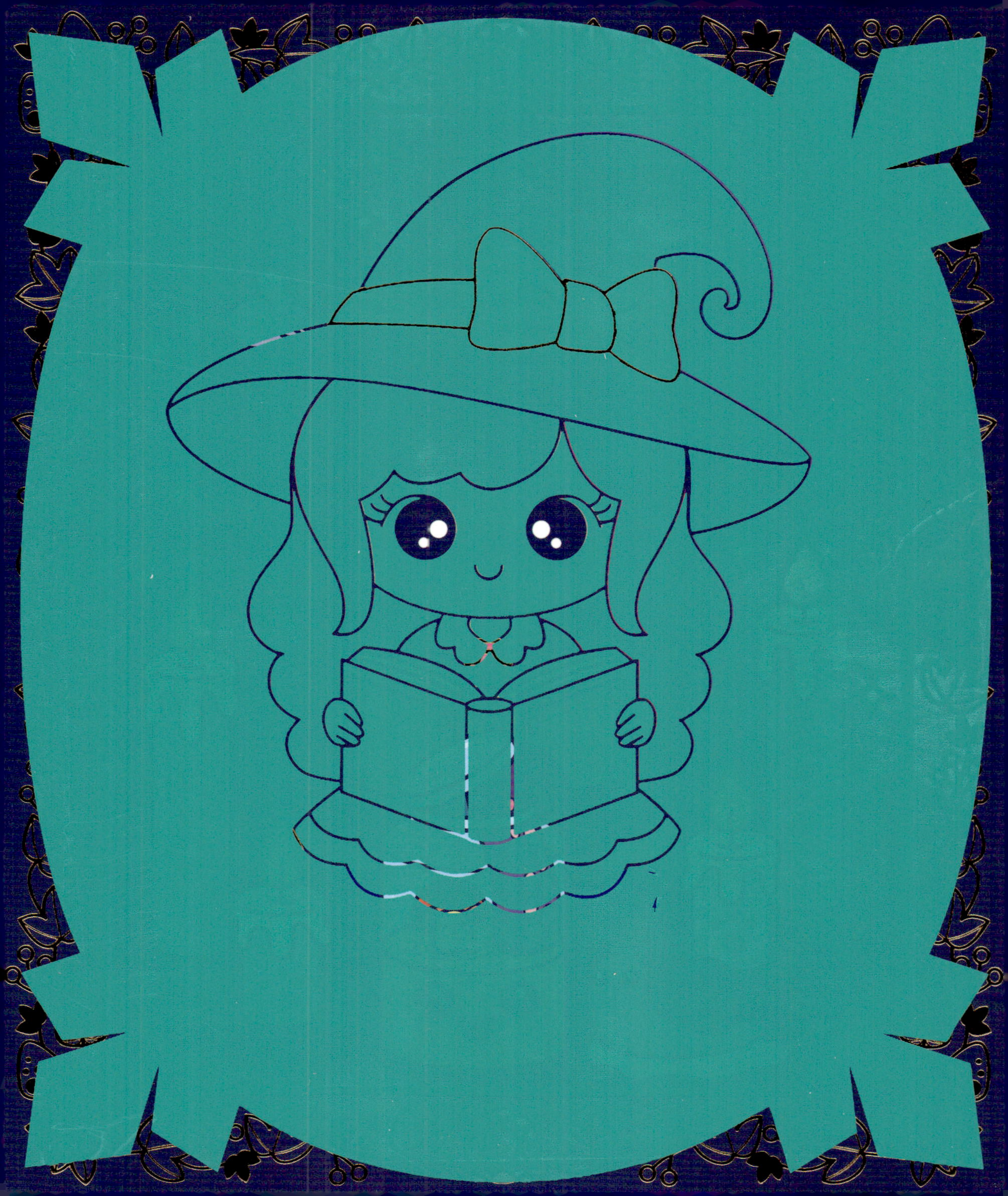

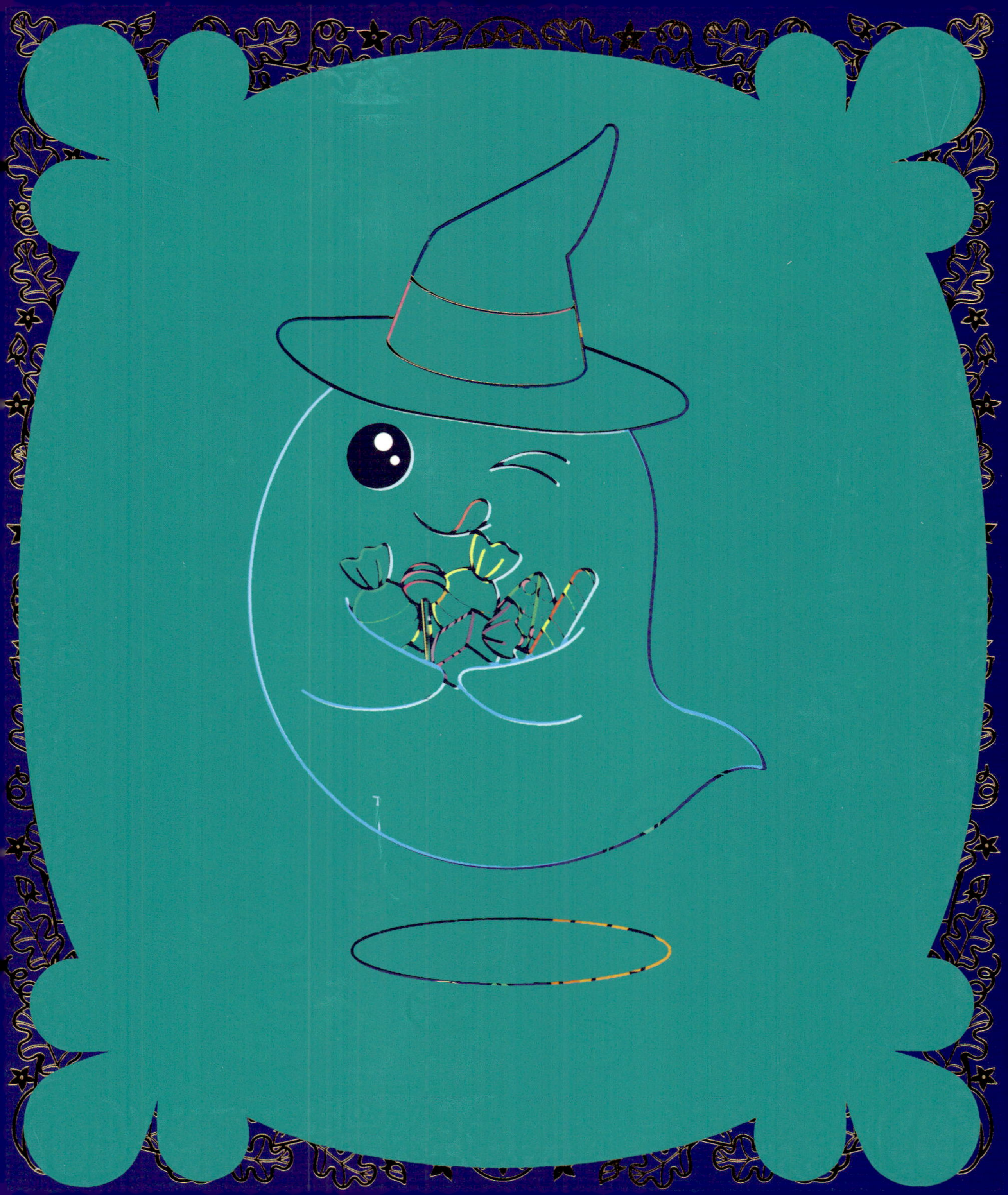

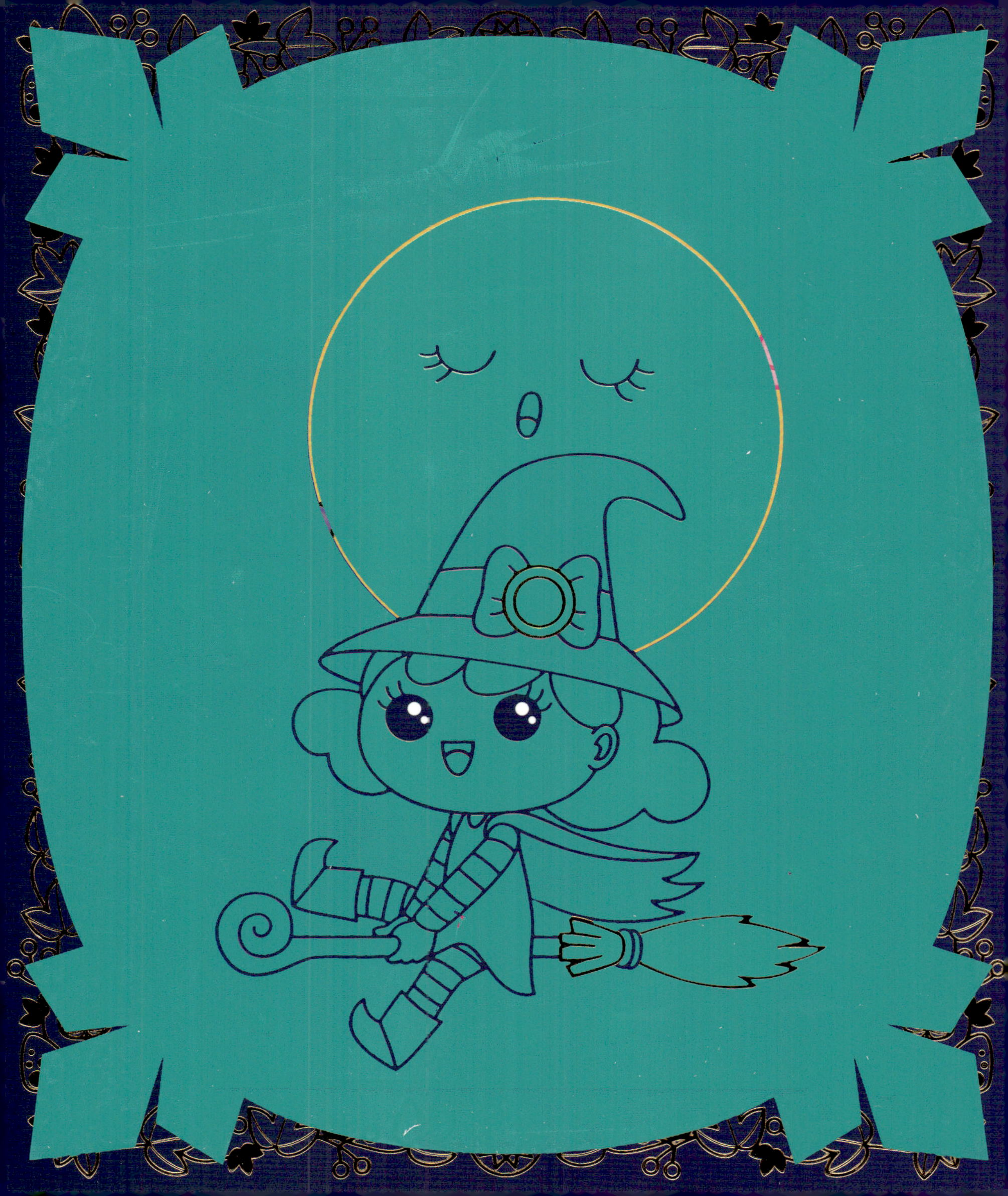

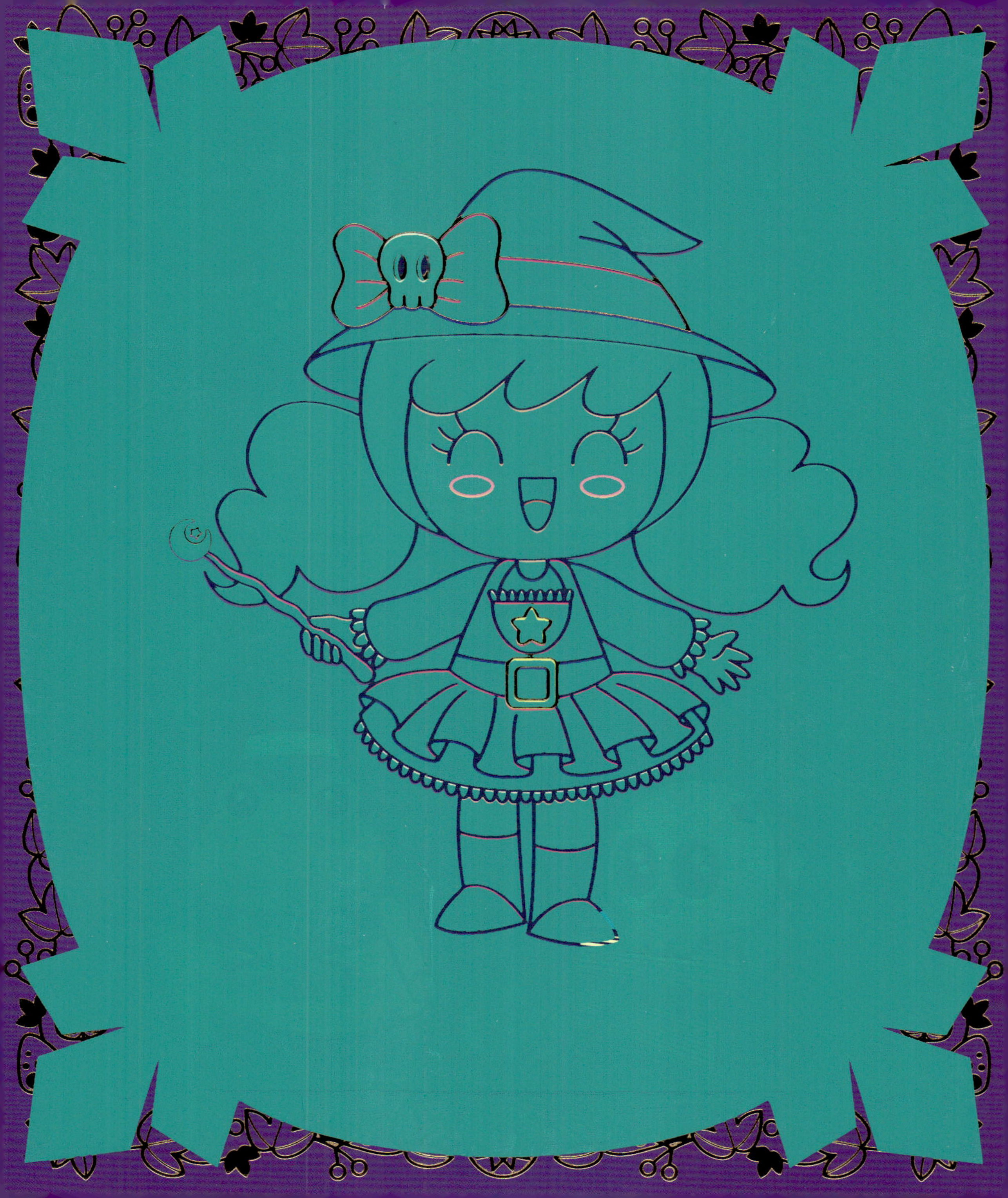

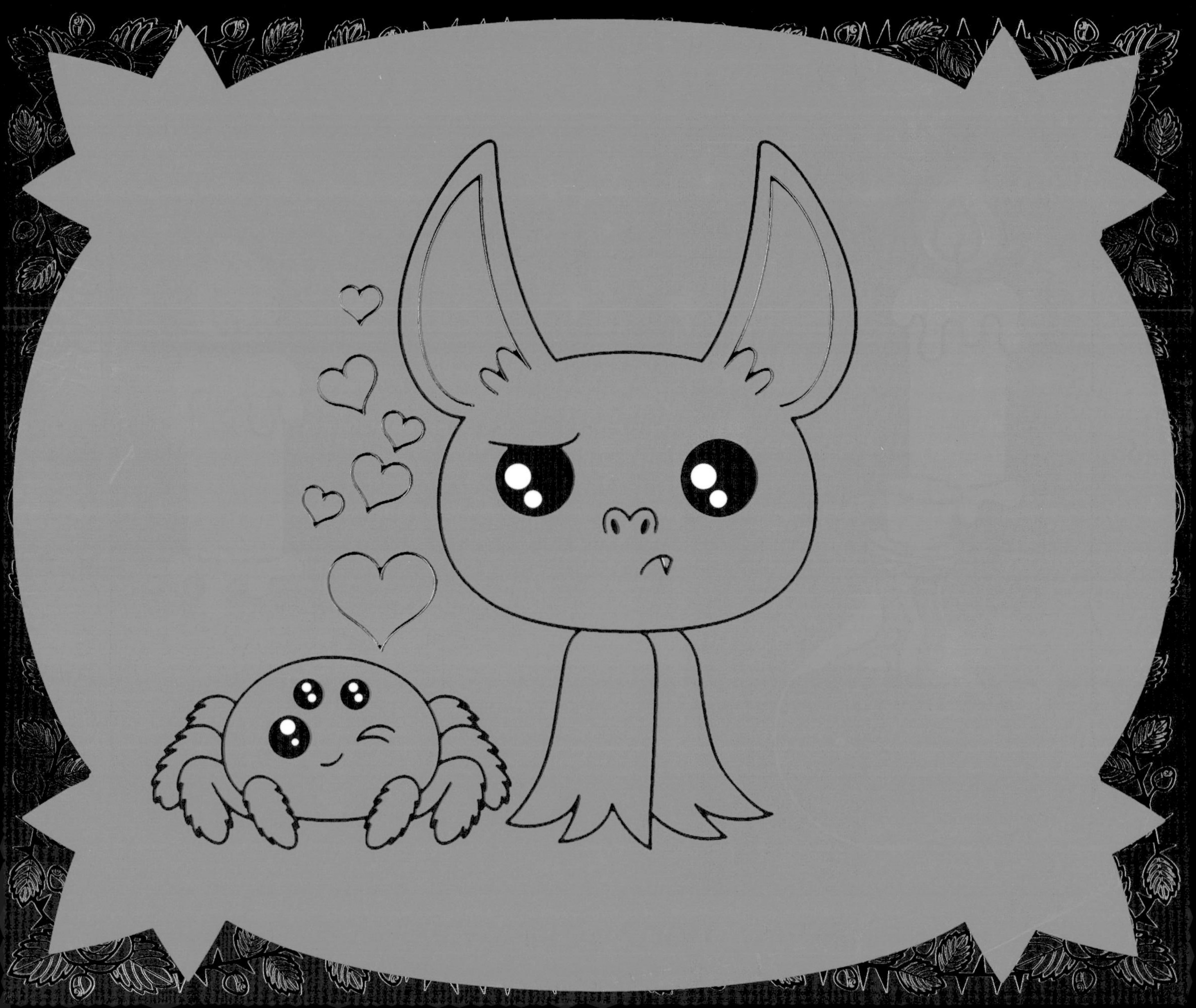

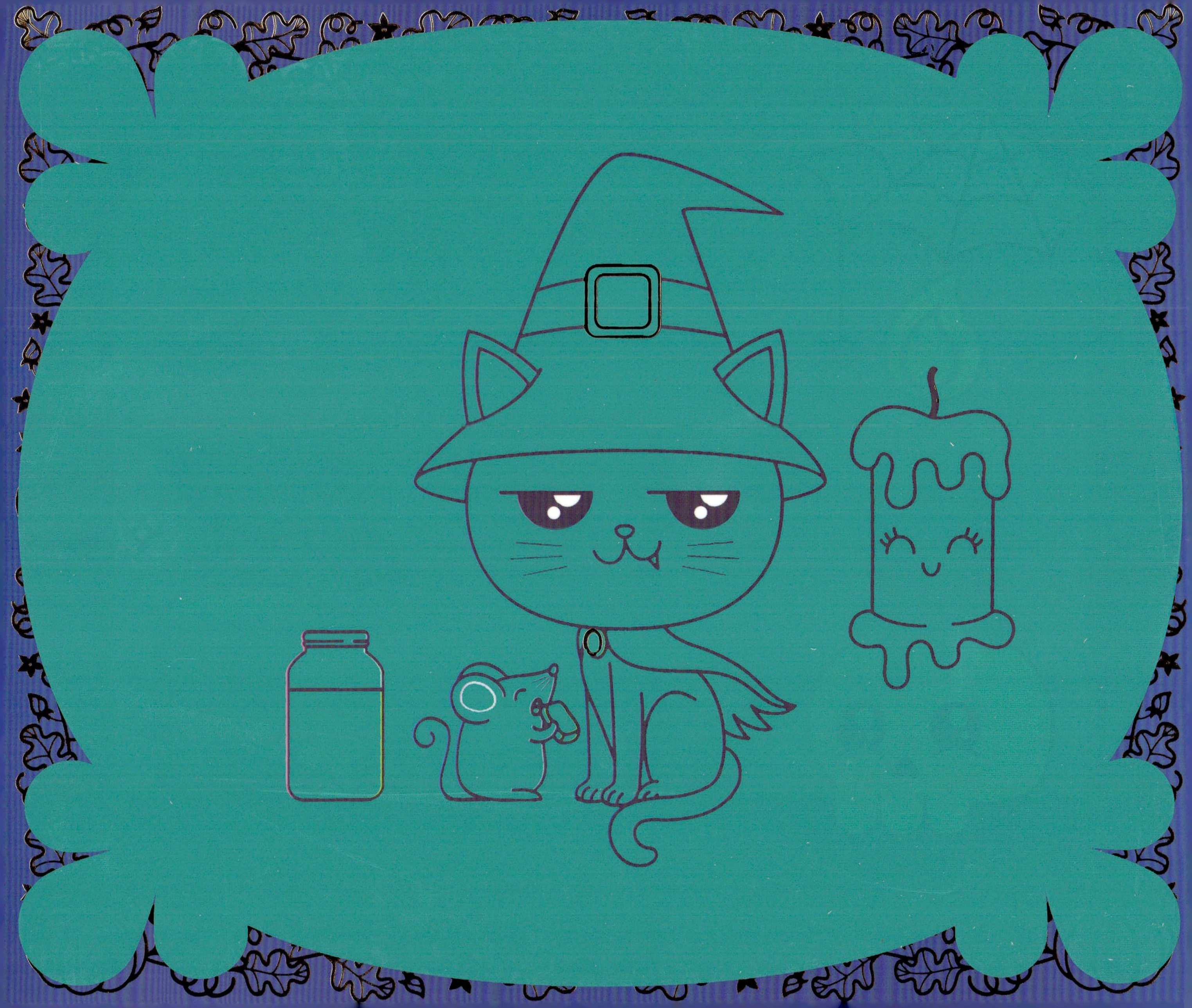

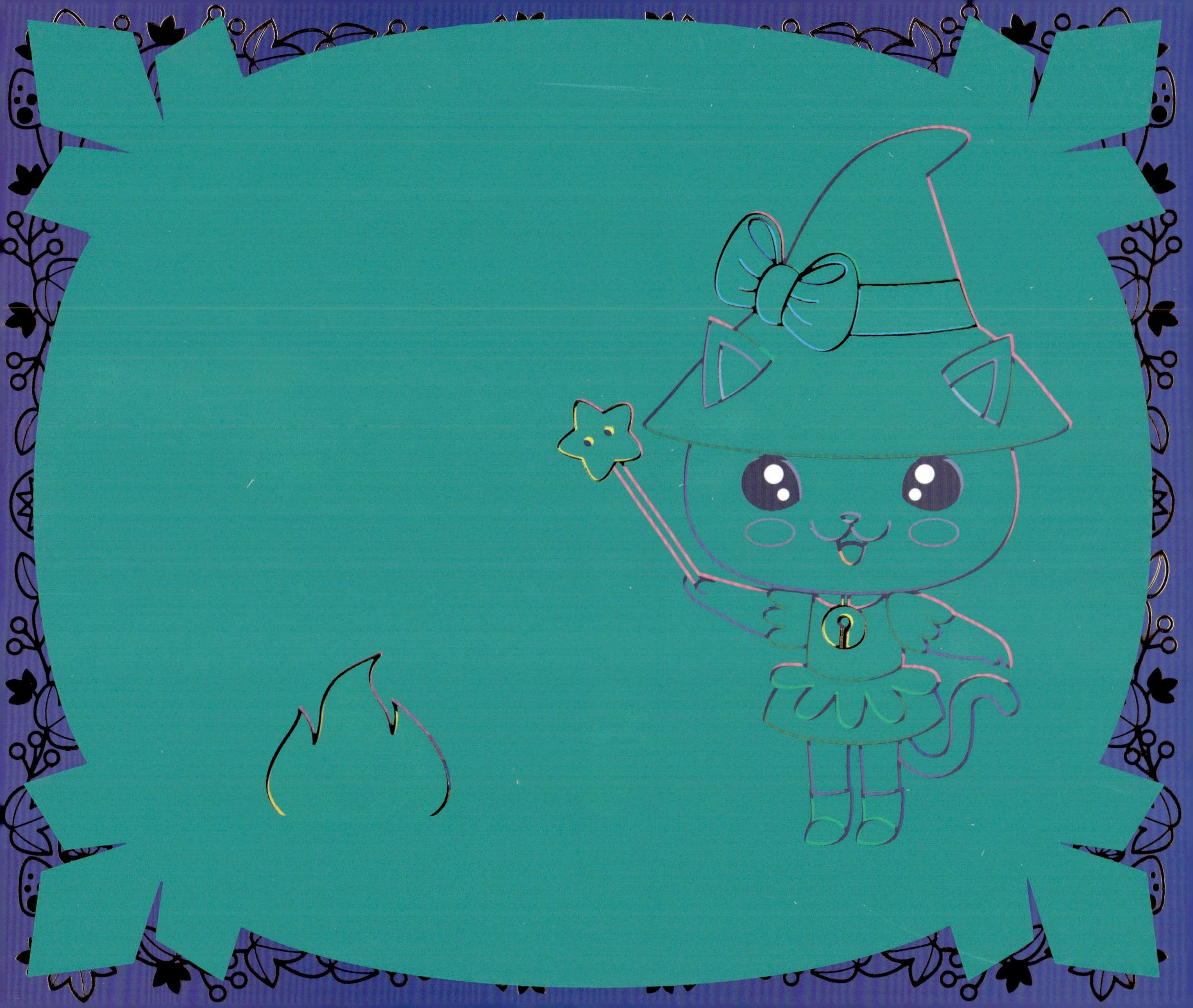

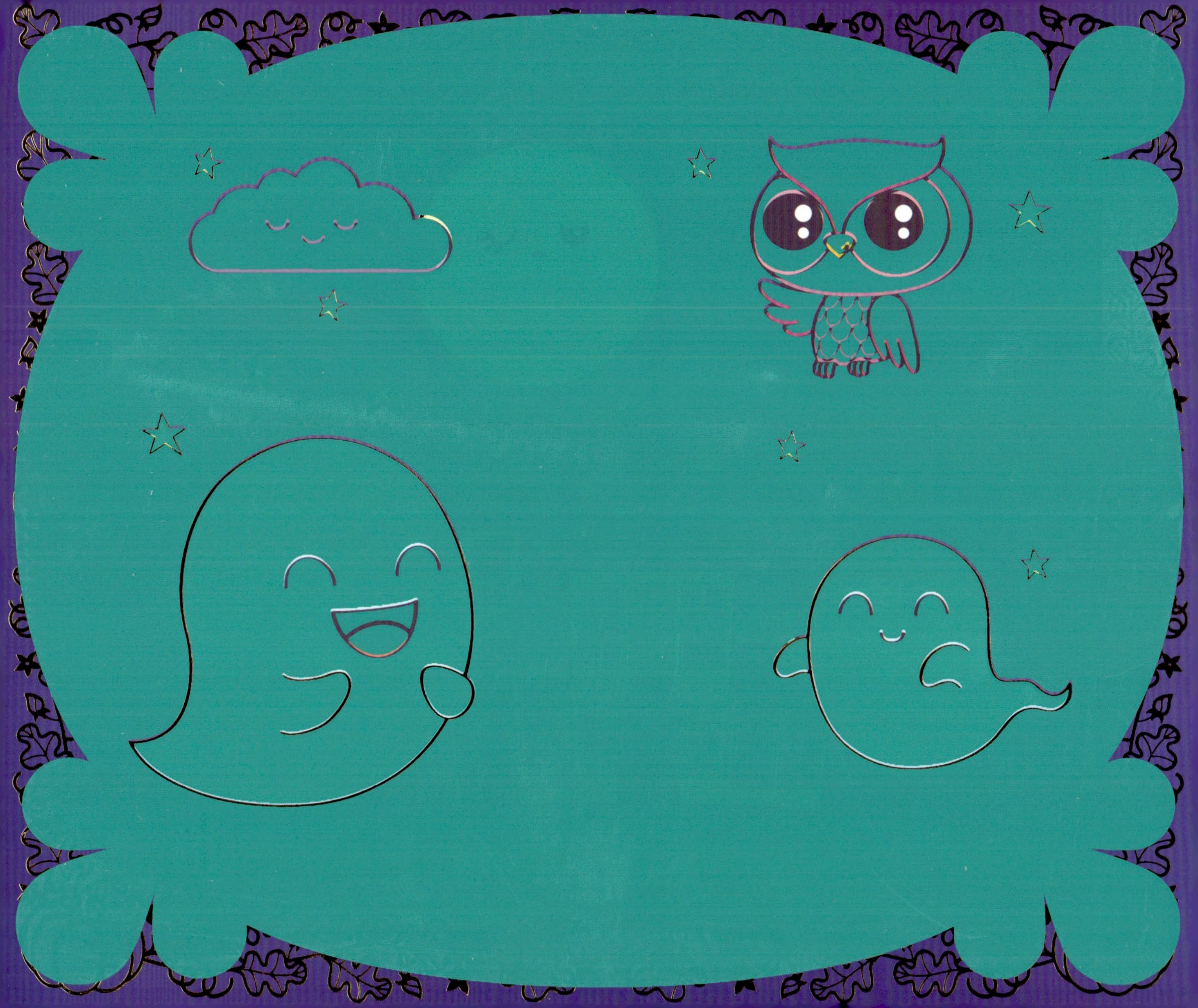